LES QUAND

ADRESSÉS

A M. PALISSOT,

Et publiés par lui-même.

1760.

AVIS.

ON a répandu dans le monde beaucoup de petits Libelles Philosophiques contre moi, il m'en est tombé un entre les mains, & j'ai cru que, vraisemblablement, je ferais plaisir à l'Auteur en le faisant imprimer. Rien ne m'a paru plus convenable à la suite d'une apologie de ma Piece. *

* Lettre de l'Auteur de la Comédie des Philosophes au Public, pour servir de Préface à la Piéce.

NOTES UTILES,

OU

Prologue de la Comédie des PHILOSOPHES.

UAND on est Auteur de *Sardanapale* & des *Tuteurs*, quand on présente au Public un squelette mutilé de l'intrigue des *Femmes sçavantes*, revêtu des lambeaux du *Mechant*, du *Misantrope*,

& du Mémoire des *Cacouacs*; quand on n'a inventé aucune Scene, aucune situation, quand on doit à Madame... l'unique Scene qui soit neuve, & qu'on a eu le seul mérite de l'écrire, on ne doit critiquer ni le *Fils naturel*, ni le *Pere de Famille*, parce que ces deux Pieces sont bien faites, parce que plusieurs morceaux de ces drames respirent le sentiment, & parce qu'ils portent l'empreinte du génie.

Quand on a gagné les Polichinelles de la Littérature, les Cuistres de Collége & jusqu'à des valets, pour applaudir & faire fracas dans le Parterre, on ne doit point accuser des hommes fort au-dessus de ces viles menées de cabales, de se faire un parti.

Quand on se réunit plusieurs fois la semaine avec des gens de son espece chez des Caillettes pour y déchirer sous l'apparence du mépris ; ceux qu'on rougit d'être forcé d'estimer : on ne doit pas faire un crime à une femme honnête de recevoir des personnes respectables & considérées, on ne doit point jetter du ridicule sur son amour éclairé pour les Arts & pour les talens ; l'usage qu'elle fait de son esprit, de son bien & de son crédit en rendant toujours de bons offices, & ne nuisant jamais, doit la rendre respectable à tout homme qui a de l'honneur & des sentiments.

Quand on se trouve assez mal organisé pour être insensible aux beautés des Arts, & assez inepte pour ne pas entendre leur langue, on doit avoir assez de sens pour ne pas s'enorgueillir de son absurdité & de son ineptie, & on ne doit pas plaisanter les Artistes, sous peine de ressembler à un Negre brut qui rit de tout ce qu'il voit, sans y rien comprendre.

Quand on voit de la fierté où peut-être il n'y en a pas;

quand on trouve mauvais qu'un Auteur d'observations fur les mœurs dife *qu'il a vécu*, tandis que celui qui inftruit des mœurs étrange-res, dit fans qu'on le repren-ne, qu'il a voyagé ; quand on eft choqué d'un trait tel que *jeune homme prens & lis*, d'une expreffion telle que *je fuis fous le charme*, on doit en critiquant ces traits fe donner de garde d'atta-cher trop d'importance à fa critique, parce qu'on mé-rite le nom que *Quintilien* donnoit aux *Paliſſot* de ſon temps , à ceux qui ſont à l'affut des mots ; parce que *Platon*, *Cicéron*, *Paſcal* ont pu faire une phraſe répréhenſible , parce qu'ils en ont fait pluſieurs , & qu'ils ſont cependant de grands hommes.

Quand on a la tête aſſez mal faite pour ne pas ſaiſir le vrai ſens d'un principe philoſophique , on doit ſe rendre juſtice & ſe condamner à un ſilence éternel ;

ſur des matieres & ſur des ouvrages qui ſont au-deſſus de ſa portée, on doit au moins n'avoir pas la mauvaiſe foi de préſenter ſous un jour odieux, une vérité ſoutenue par *Malbranche*, *Abbadie*, la *Rochefoucault* ; alors on ne fera pas dire aux Philoſophes qu'on doit rechercher ſon intérêt perſonnel ; ils n'ont jamais dit qu'on le doit ; mais ils ont dit que l'homme ne peut être conduit que par ſon intérêt ; ils ont dit que l'intérêt bien entendu fait l'homme vertueux , mal entendu, l'homme vicieux ; n'a-t-on pas fait une maxime de ce mot de *Virgile*: *Nous sommes tous entraînés par le plaisir ? n'es-ce pas un principe de S. Augustin que nous faisons nécessairement ce qui nous plaît le plus.*

Quant à ce que l'homme doit faire , tout Philosophe établit l'obligation que l'homme a d'être bienfaisant , de sacrifier même ſes deſirs , ſes penchants au bonheur des autres ; le Phi-loſophe fait plus , il fait ai-mer cette obligation , ce de-voir , il prouve que l'hom-me en le rempliſſant , con-ſulte ſon intérêt, parce qu'il atteint le vrai bonheur que la pratique de la vertu don-ne toujours , & dont le vice ne donne jamais qu'une om-bre vaine & paſſagere , l'in-térêt eſt l'ame de tout ce qui reſpire , il meut à la fois les *Paliſſot* & les *Mon-teſquieu*.

Quand on est connu dans le monde par des caresses perfides & des méchance-tés cruelles, quand on a aliéné par son ingratitude des Protecteurs vis-à-vis desquels on avait masqué ses noirceurs, quand on a plongé avec un sourire bar-bare le fer de la satyre dans le cœur de ses amis qu'on a attiré dans les piéges de la flatterie, quand un homme a été chassé de chez M. *Bou-ret* pour avoir composé contre lui des vers calomnieux qu'il avait la bassesse d'imputer à *Poinsinet* son ami & son parent, quand il a répandu dans Paris le Vaudeville le plus sanglant contre *Patu*, chez qui il mangeait tous les jours; il est fort mal venu d'imputer aux Philosophes un caractere dont il n'a trouvé le modele que dans lui - mê-me.

Quand on a emprunté plusieurs fois de l'argent à l'Auteur de l'*Esprit* & qu'on lui en doit encore, on peut se dispenser de calomnier ses talens & son caractere, & pour critiquer ses principes il faudrait commencer par être capable de les entendre.

Quand on est redevable de sa place d'Académicien de Nancy à M. *Rousseau* de Genève, on ne doit pas le travestir avec impudence sur la Scene ; si on n'a pas l'ame assez belle pour goûter le plaisir d'être reconnaissant, on doit au moins un hommage extérieur à cette vertu.

Quand on a fait une banqueroute constatée & circonstanciée dans un Mémoire imprimé de l'Auteur des *Cacouacs*, quand on a fait plusieurs vols, ou secrets ou publics, quand entre autres, on a volé à ses Associés leur part du Privilége des Gazettes Etrangeres, on ne doit pas faire dire à un Valet qui vole son Maître, *je deviens Philo-*

sophe. 1°. Parce qu'on ne doit pas dire une bêtise. 2°. Parce qu'on ne parle pas de corde dans la maison d'un pendu.

Quand on déchire tous les jours sans pudeur, & sans ménagemens la Reli- gion & tout principe des mœurs, quand dans un re- pas on a fait abjurer le Christianisme à un homme entre deux vins, quand on s'est fait un jeu de le for- cer à blasphemer & insul-

ter la Divinité, on ne doit
pas taxer d'impiété des Phi-
lofophes exempts de fu-
perftition ; mais qu'il eft té-
méraire d'accufer d'irreli-
gion ; qui parlent de la Divinité avec refpect, & qui,
s'il n'ont pas l'hypocrifie
de *Paliſſot*, en ont auſſi peu
la Licence.

Quand on a proftitué fa
femme à Nancy & à Paris,
& qu'on l'a fait renfermer
lorfqu'elle n'a plus été lu-
crative, on ne doit pas ac-

cuſer les Philoſophes de n'être ni Amans, ni Maris ; on ne doit pas leur repro-cher de préférer l'intérêt ſordide aux penchants les plus doux & les plus ſa-crés ; calomnies noires & atroces démenties par leurs actions & par leurs ouvra-ges.

Quand on a pouſſé la lu-bricité . . . . la ſcélérateſſe. . . . . la plume me tombe des mains. Les Parents de *Pa-liſſot*, & ſes Amis, s'il en a, sçavent ce que je pourrais dire, & me trouveront bien moderé.

Quand un homme sans mœurs, sans religion, sans probité, se couvre du manteau des *Chaumeix* & des *Hayers*, pour attaquer des Ecrivains dont il est jaloux, quoiqu'il n'ait pas droit de l'être ; quand il a écrit sous la dictée des Furies la satyre la plus inconséquente & la plus calomnieuse ; quand il blesse tous prin-

cipes de l'honnêteté publique en déchirant fur la
Scene des hommes qui font
honneur à la Nation par
leurs talens, à l'humanité
par leur caractere, à la Phi-
lofophie par leurs mœurs,
quand il a l'infolence de fi-
nir fa Piéce par ces Vers :

Tout Philofophe eft banni de céans,
Et nous ne verrons plus que les honnêtes gens.

Le Public ne doit pas
fçavoir mauvais gré à un
homme inconnu & obfcur,
qui n'eft ni *Encyclopedifte*

ni *Anti-Encyclopediste*, mais qui aime la vérité & la vertu, il ne doit pas, dis-je, lui sçavoir mauvais gré s'il dévoile l'infâmie de l'Auteur Satyrique.

C'eſt ici que l'on doit ſe rappeller ce principe, il eſt de l'intérêt public que les méchans ſoient connus.

Les gens legers trouverons ces Notes trop ſérieuſes ; mais quand on dénonce à l'exécration publique un homme qui rompt les liens les plus facrés de la Société, on ne peut & on ne doit pas même fonger à être plaifant.

FIN.

Un Ecrit clandeftin n'eft pas d'un honnête
    homme,
Quand j'attaque quelqu'un je le dois & me
    nomme.